KB164584

시로 가득 찬 밤

starlit w 지음

프롤로그

사람은
태어나고 아무것도 하지 못했던
어린 아이 시절을 지나 할 수 있는 일
들이 많아지면서 어른이 되고
어른이 되었는데
마음은 여전히 아이 라면
어른이 될 수 없을까요
첫 번째 여는 글에서
두 번째 여는 글이 이어지는
이 글 들이
아마 저만
느끼고 있는 감정은 아니겠죠

스쳐 지나가며 지나친
지나친 순간들을 생각하며
그대가 아프지 않기를 빌며
이 글을 시작 합니다

목차

2. 마지막이라는 문 앞에 우리는
무엇을 하고 있을까

프롤로그

1.

어쩌면 이 순간이

아픔이 될 수도

행복이 될 수도 있어

여는 글

사람은 태어나 삶을 살아가며

많은 것을 느끼고

아프기도 하며

행복하기

위해서

살아갑니다.

그랬으면

모두 아프지 말고
행복하면 좋겠다

힘들어서 주저앉고
펑펑 우는 사람도

아픈 만큼 무뎌져서
그 아픔조차
느껴지지 않은
사람도

누구보다 더 노력하고
잘하려고 했는데

잘 안돼서 속상한 사람도

눈물이 앞을 가려
어둠에 갇혀 있는 사람도

모두 아프지 않고
행복했으면 좋겠다.

칭찬완료

어두운 어둠이지만
때로는 깜깜한 밤도
필요 한 거니까요!

꽃 한 송이를 들고 가는 그 길에

우연히 지나가다가
예쁜 너와 닮은
꽃 한 송이를 보아서

조금 분홍빛 꽃이지만

너에게 주고 싶은 마음에

그곳을 둘이 번 걸렸어

붉은 발그레 된 마음으로
너에게 가는 이 길이

항상 가던 길 인데

지금은 조금 부끄럼 하네

너에게 향하는 발걸음 이어서
그런가 봐

버려지다

버려지는 것은
쓸 수 없어서
고장이 나서

버려진다고
말할 수 있을 것 같아요

다른 이유도 있겠지만
나쁜 의미에서만
쓰이는 건 아니에요

뇌는 모든 것을
기억하지만

그것을 어느 한 곳에
모아두고

자연스레
잊혀 갑니다

나만 포기하면 끝나는
이 관계도 나 혼자
슬퍼지는 것도

하나씩 이제 버려
보려고 해요

많은 것을 안고 가기엔
힘든 삶이니까요

힘겨운 날

살면서 정말 힘겨운 날이 많은 것 같아요

하나씩 차례대로 오면
이건 이렇게 하고
생각해 볼 수도 있는데

그러지 않을 때가 있어요
자신이 힘들다고 한 지금, 이 순간

그동안 쌓였던 감정들이
한꺼번에 쏟아질 때

누군가를 탓하지는 말아요

힘겹게 살아온 그 길이
와르르 무너지며

그날이 오늘이었다면
토닥토닥 안아줄게요

실컷 울고 힘겨운 거
다 털어내요. 괜찮아요.

내 탓도 아니고 그 누군가의
탓도 아닌

그저 속상했던 하루였던 거예요

괜찮아요

그림자

빛이 있다면
그림자가 생기는 것 같아

어렸을 적
그림자가 무서웠어

새까만 무언가가
계속

나를 쫓아와서
도망쳤던 것 같아

무서워서 눈을 감고
사라지기를 빌며

눈을 살짝 떠보아서

다행이었을까
보이지 않았어

안도의 한숨을 쉬고
다시 갈 길을 찾아 걸어갔어

오늘날 다시 생각해 보니까
아무것도 모르기에
무서웠는데

지금은 아는 것이 많아서 무서워

지금 나는 무엇을 무서워하는 걸까?

눈이 녹으면

하얗게 쌓인 눈 위에
발자국을 남겨

그러면 분명
다시 뒤돌아
보았을 때

발자국이 있을 거야

아직 눈이 내리지만
괜찮아

나의 발자국에 눈이 쌓이면

그건 나의 삶을
살아왔다는 증거가 될 거야

괜찮아.

아무렇지 않기에

오늘은 아무 일 없기를
바라며

잠이 드는 밤이에요

오랜 시간이 지난 건 아니지만
좀 시간이 더디게 갔던 날이
있었어요

그날은 정말 아무것도 하기
싫어서

집에 있는 불을 다 끄고
이불까지 덮고

눈을 감았어요

마음이 우울해지는 날

지금은 아무렇지 않게
눈을 감고
재생되는

그 페이지를 멈추고

또 다른 나를 위해

오늘도

아무렇지 않게
하루를 보내요

언제나

바다를 바라보면

왠지 눈물이
뚝 하고 떨어질 것만
같아서

흘러넘치고
또
다시 돌아가고

물결치는 푸른 바다는

고요히
흔적만 남긴 채

잃어버린 것을
찾아

물결치는 바다

반복되는

한둘씩
불빛이 사라지고

깜깜한 밤

걱정과 고민으로
마음이
우울 한날

답답한 마음에
천장을 올려보니

흰색으로 선이
이어지는 선

손으로 다시
이어본다

선이라는 것은
끊어지기도 하며

또 이어지고 묶고

그런 것이 삶이기도
하니까

안부

잘 지내?

이 말 한마디가
숨통을
막히게 한다

잘 지내라는
기준이
무엇일까?

잘 지낸다고
말해도

다시 돌아오는
질문들

뭐라도 하지 않으면
무슨 큰일이라도
생긴 다듯이 말하는

그 사람이 싫어지는
오늘이었다.

유리

쉽게 깨지는 유리처럼
산산조각 나버렸으면

걱정과 고민으로
잠들지 못하는
이 밤도

누군가를 떠올리며
화내고 울고
슬퍼하는 모든 순간

기억의 끝을 잘라 낼 수 있다면

행복했던 기억만 잘라내고

불행하고 슬픈 조각을
지울 수 있다면

잊혀가는 또 잊어 가는
기억 속에

부디 행복한 기억만 남기를 빌며

너에게 1

앞으로 향하는 발걸음

출발점에 서 있는 모두가
적이 아니라고
말할 수는 없지만

뒤처지고 늦는다고 해서

삶을 살아가는데

중요한 문제는
아니라고
말하고 싶어

밝게 웃는 모습

그대로

살아가기를

빌어줄게.

너에게 2

어릴 때는 모르기에
실수하고 잘못된
행동을
저지르기도 해

물론 알고 있는데도
하는 건
더 나쁜 거지

세상은 과거는
중요하지 않다고
말하지만

과거를 살아온
너의 모습이 있기에

그리워하기도 하고
후회하기도 해

사람은

사소한 말실수
에도 사람은
상처받고 아파하는 것 같아

누군가에게 상처 주고 싶지 않은
너의 마음

후회하지 않았으면 해

만약에 지금보다 조금 시간이 있다면
그때는 자책하지 않았으면 해

수많은 사람 속에 한 사람
너에게

가장 소중한 건 너 자신이야.

약

컨디션이 안 좋거나
아프면 약이 있는
것처럼

약이 있는데

그 약은
통증을 덜 하게 만들어
주는 것이 약인 것 같아

그런데 마음이 아플 때는
무슨 약을 먹어야 하는 걸까?

약을 꾸준히 먹는데도
나아지지 않아

마음에 상처 난건
지워지지 않나 봐

그래도 마음의 아픔은
조금씩 사라질 수 있다고
믿고 싶어

다름

나는 너와 달라

그런데도 불구하고

너를 사랑하는 건
사랑일까?

어느 날

바람이 스르륵 부는
순간에

그곳이 마치
쉼을
건네주는 것 같아

숨이 벅차오를 만큼
휘청휘청하지만

깊은숨을
내쉬어봐

후

남겨지는 숨

그래도 가끔은 스르륵
부는 바람에

활짝 미소를 건네본다.

우울

낮이라서 빛나는 나날들에
때로는 초라해

나는 빛 날 수 없으니까

꽃비

봄비

봄을 알려주는 비

잠깐의 추움이
지나가면

시간이 더디게 가듯

낮을 알리는 구름도
천천히 지나간다.

어디론가

어디론가
떠나고 싶은 날

바다를 보러 갈까?
꽃을 보러 갈까?

물 흐르는 듯
물결치는 밤

깊고 어디론가
어둠을 비춰 주는 곳

따뜻한 날 꽃 피는 순간
행복했던 고민

어디론가
떠나 버린 행복

흐르는 물줄기를 타고
멀리 가버린 걸까?

언젠가 닿을 수 있을까

그 물줄기에

이별

영원할 것 같았던
사랑도

깰 수 있는 건
이별

언제나 지속
될 것 같았던
지금도

이별이 당연하다는
듯이 지나간다

생각지 못했던 이별도

이별을 맞이했던 그 순간도
그토록 좋아했던 것도

그동안 감사했습니다
라는 인사로
이별을 전해

아픈 이별 또한 마지막
인사를 건네본다.

자정

깊은 밤에 들려주는
이야기를
들으며

조용히 그곳을
바라본 체

바람이 남기고 간
차가운 공기

서늘한 바람이 깊은
밤을 알려 주는 듯

바람은 눈에 보이지 않아

바람개비에 앉아
바람을 '후' 하고
부는 것일지도 모른다.

눈에 보이지 않아

두렵고 불안한 모든 날이

조용히
아무 흔적도 없이
사라졌으면

여름 바람

숨이 턱 막힐 정도로
바쁜 하루

잠시 창문에서
불어오는 바람

피곤했던 하루를
멈추고

바람을 느끼는
순간

여름 바람

시원하게 불어오는
바람

그건 여름 바람이
환영해주는
시간

지켜보다

감정을 찾아
나서는 일

나무가 바람에
흔들려

따사로운 햇살

모두에게
행복한 길이 되었으면

꿈을 꾸다

밤이 오면
빌었던 소원은

꿈을 꾸며
금방이라도
사라질 것 같아

눈을 뜰 수 없는 순간
빌었던 소원은

아침이 오면
모든 것이 사라져

꿈을 꾸는 그 순간이
행복해서

깨어나고 싶지 않아
사라지지마

눈물 흘리며

눈 뜨는 나날들

긴 터널

사라지지마

손이 닿지 않은 곳에

눈물 흘리며
꿈을 꾸는 나날들

손을 뻗어
내가 잡아 줄게

멀리 가버려도
다시 돌아와

작은 빛을 내
너를 기다릴게

꿈꾸면 사라지는 너에게

조금씩 다가갈게

네가 길을 잃지 않게

미아

나와 함께 걸어가지 않을래?

혼자 나아가기에는
길이 험하고 위험해

몰아치는 파도 소리에
귀를 기울이지 마

정신 없이 흘러가는
물줄기 보다 보면

미아가 될 거야

혹시 어디선가
내 목소리가 들린다면

너의 이름을 부를게

이별이 다가오지 않게

사라지지마

깊고 깊은 어둠에서
너를 향한 빛이 되어줄게

그곳에서 내 손을 잡아줘

밤

꿈이
행복했던
시간으로

나에게 돌아왔어

행복하게 웃는 나의 모습
행복했던 그 순간

눈을 뜨면
사라지는 기억 들

다시 기다려

꿈을 향해

다시 눈을 감아

그녀

하늘색을 좋아한다고
말한 그녀의 말에

하늘을 바라보는 그 남자

하늘을 바라보며

하늘색 원피스를 입고

바람을 보며

눈을 감고 있었던 그녀
아름다워

저절로 시선이 가

눈이 딱 마주친 순간

활짝 웃으며

하늘이 예쁘냐고 말해주는
그녀

다른 곳

그대와 이어지는
하늘 끝에

꽃이 피어나면
아름다울 거야

그대의 아름다운 미소를
닮은 꽃이니까

이어지는 길에
하늘색 꽃을 피워 둘게

언젠가 시간이
많이 지나고

다시 만났을 때

너와 닮아서
예쁜 꽃과

하늘을 담아둔
푸른 장미를
건네줄게

깜깜한 밤하늘에
살고 있는 너에게

낮이라서 아름다운 하늘을
담아둔 꽃 한 송이를
건네줄게

그대 곁에 있는 밤하늘을
잔뜩 감아 둔 검은색 꽃

분명 이어지는 길에
만날 수 있을 거야

기다릴 게 언제 까지나

혹시라도 네가 많이 보고 싶으면
달려가도 될까?

녹다

더운 여름 아이스크림

더위를 잠깐
식히고

냠냠 달콤한
아이스크림

잠깐 다른 곳을
보다가 녹아버린
아이스크림

그처럼 눈이 와도

비가 와도 녹아버려

사라진다고 해도

우리 기억 속에

또 누군가의 장면에
기록되고 있기에

녹아 버린 것을
슬퍼하지 않아도 괜찮아

자연스러운 것이니까

탓

슬프고 화난 감정을
억누르지 못해

감정이 파도친다

꾹꾹 눌러 담았던
모든 것들이

펑 하고 터져

다시 되돌릴 수 없다.

누구의 탓으로
나의 마음을 쏟아내듯

다 그치듯이 말하며

펑 터져버린 감정의 끝은
멈출 수 없었다

그 후에 돌아오는 건
자책 그래서

결국은 내 탓이 된다.

안도

밤하늘이 어두컴컴하고

빛 하나조차 없을 것 같아

밤에는

창문 밖으로
보이는 풍경을
바라보곤 했는데

직접 본 밤하늘은
깜깜하고

어두운 밤하늘은
아니었다

빛 하나 비추지 않아

어둠이 가득할 줄
알았는데

밤하늘에
비추어지는 풍경은

흔들리는 초록빛과
밤하늘을 담은 색이었다

어른

무서운 게 많았던
그때 그 시절

밤이 무서워
쉽게 잠들지 못하고

어두워서 모든 것이
깜깜한
그림자로 비추어 보였지만

그 풍경을
바라볼 수 있는 나 자신이

그래도 지금은
어린 지난날보다는

어른이 된 것일까?

장미

속상한 마음 억누르고

화를 내버릴 것만 같아서

다른 말을 내뱉는다

천천히

길을 지나가다가
이쁘게 피운 장미와
눈이 마주쳤다

장미는
여러 가지 색상이 있다고
말한 순간

다른 생각이 들었다

장미는 빨간 장미도 있지만
다른 색의 장미도 있다

색만 다를 뿐 꽃 이름은
장미이다

그처럼 우리도 색상만
다른 장미일지도 모른다.

빨간 장미처럼
아름답게 꽃 피울 우리가

눈을 뜨면

여름이 들려주는 소리

바람이 불어

종이
땡땡 울리고

나뭇잎에 앉아

바람을 후 부는 소리도

흔들리며 보이는 모든 것들이

눈뜨는 그 순간
들려오는 소리

남겨지다

내가 사라지길 바랐던 밤도

울며 힘들다고
소리친 날도

아침에 눈을 뜨면
사라진다

아침이라는
시간은
항상 바쁘다

그렇기에 그렇게

간절히 빌었던 순간도

눈을 뜨면
사라진다

그것은 사라졌다고

하지만

마음 어느 한구석에
남아

언제든지 울컥하고
쏟아진다.

설움

꾹꾹 눌러버렸던
설움이
단 한마디에

설움이

펑 하고 터져버려

눈물이 되어
눈동자에 고이고

힘들었다고
말하고 싶은데

목소리가
나오지 않아

그대로 주저앉아
펑펑 울어버린
슬픈 날

암시

밤이 순식간에
지나갈 때가 있다

내일이라는
하루를
준비하기
위해

지나가는 순간들

잠들지 못하는 밤

눈을 뜨고 온갖 걱정에
편히
눈을 감지 못한다

생각은 생각의 꼬리를 물고
늘어진다

하루를 마무리 하는 시간

쉽게 잠들지 못하는 밤

걱정이라는 건
생각보다 끝없는 생각과도 같다.

너무 생각을 많이 하면
두통이 나는 것처럼

기계도 쉬어야 하는 시간이 있는 것처럼
쉽게 잠들지 못하는 밤이지만

메모지에 걱정과 고민을
적어두고

밤이라는 시간은 쉼이
필요한 순간이다

저울

두 개의 공간 한쪽은
행복한 기억
또 한쪽은 슬픈 기억
한둘씩 기울어진다

어디로 기울어지듯
시간은 흘러가기에

기울인 곳이 행복한 기억이라도
시간에 의해 잊혀 간다

그것은 가장 슬플 일이라고 생각한다

가장 소중한 무언가를
잊은 채 살아간다는 것은

기울듯 말 듯
그렇게 저울은 끝을 향한다.

2. ─────────────────────────────

마지막이라는

문 앞에 우리는

무엇을 하고 있을까?

여는 글

마지막이라는 문 앞에 어떤 말들이
적혀 있을까?
지워지고 또 적고 스쳐 지나가는
사람들

백지

바람이 불어
종이가 바람을 타고 날아가

종이에 무엇이 쓰여 있을까?

궁금해서 종이를 잡으려고
하는데

높은 곳에 있어서 그 방향을
향해 손을 뻗었어

종이에는 아무것도 적혀 있지
않았어

다만 색이 물들여
아름다운 풍경을 담은 종이도
아무것도 적혀 있지 않아서

만들어진 건 아닐까?

조심

처음 내딛는 발걸음
다치지 않게

조심

출발

출발지는 어디 인가요?

그대의 출발점은
어디에 있었나요?

너에게

눈시울이 붉어지면서
기어코 눈물이나

울고 싶지 않은데 눈물이 앞을 가려
너의 모습이 잘 보이지 않아

예쁜 너의 모습 조금이라도 기억하며

살아가고 싶은데

평소에 하지 못했던
말이

마음속에서 올라와
너에게 하는 말

사랑해

머무르다

삶을 살아가는 중에
멈추고 싶을 때가 있다.

누구보다 예쁘고 항상 밝게
웃었던 지난날의 나

웃어야지 살아갈 수 있다고 생각했다

그 순간에도 의문점이 든다

왜 삶은 중간 점이 없는 것일까?

너무 울어도 그렇고
또 웃어도 그렇다

속상하고 슬픈 마음을 털어내는 그 시간인데
우울하고 쉽게 잠들지 못하는 이 순간은

내가 잘 살아왔다는 이유가 될 수 있을까?

중얼거리다

꽃을 불쌍하다고 생각해
본 적이 있었을까?

누군가 꽃 피우는 순간이 다르기에
꽃이 아름답다고 말한 적이 있었다

꽃을 피우려고 많은
역경과 시련을 견뎌내고

아름답게 꽃 피워
더 아름답다고 느꼈던 것 같다

꽃을 피우고 지는 건 그것이
불쌍하다고 생각해 본 적은 없다

길을 가다가 떨어진 꽃잎이
보였다고 해도

그 꽃은 마지막을 맞이할 뿐
더한 것도 아니다.

지다

빨간색으로 물들인 꽃잎 한 잎이

바람과 함께
꽃비가 되어

흐른다

지금처럼

거울을 보며 꽃단장해도
마음이 두근거릴 때가
있었는데

지금은 창문에 비치는
모습조차

보고 싶지 않아

내일이 빨리 오기를
빌며

두근했던 설렘도
어디로 가버린 것일까?

구두

어렸을 적

구두를 신고 걸어가는
모습들이 멋져 보였다

예쁘게 옷을 입고
구두를 신고

나에게
익숙지 않았던

구두를

걸어가는 그 길이
쉽지 않았다

뒤꿈치는 피가 나서
따가웠고

몇 번씩이나 밴드를
붙이고

힘차게 걸어갔던
지난날들

지금은 구두를 신지
않는다

그런데도

구두를 신고 걸어가는
그 길이 멋져 보이는 건
여전한 것 같다

꿈에 그려보는 그
모습이

종착점

나도 행복할 줄 알았어

누군가의 안부를 묻는 하루들이

막상 지나가 보면

안부를 물어 봐줬으면 하는 건
나 자신일지도 몰라 생일이 싫었던
이유가 그 이유일 듯 해

누군가의 축하를 받는 게 어색해서

주인공이 아닌
스쳐 지나가는 사람일 것 같아서

이유 모를 건네는 기대와 관심이
무겁고 무서워

종착점이 있다면
그때는 내가 사라지는 것일까?

같은자리

여전히 같은 자리라는 문장을
계속 적었던 것 같다

우울하면 저절로
표정이 굳어 버린다

표정을 감춘다는 건 어려운 일이다

무슨 일 있었어?
라고 물어보는 질문에 답할 수는 없다

성장하지 않고 여전히
같은 자리에 머물고 있기에

지금, 이 순간

답답한 마음을 숨길 수 없다

4월의 벚꽃

눈을 감고 너의 모습을 기억했어

내 생일인
4월에

꽃 피우는 그 순간을 항상 기다렸어

여러 번 여러 곳을 두리번거리다가

아름답게
꽃 피웠던 모습이었는데

순식간에 금방 꽃잎이 떨어져

꽃비라는
마지막인 너의 모습이

피는 순간조차 알 수
없는데도

언젠가 꽃을 피워서
바람과 함께

너의 마지막인

꽃비가 될 수 있다면
좋겠어

몰랐던

깜깜한 밤하늘에 비치는
별빛 또한 아름답지만

하얀 천장에 비치는
반짝임도 아름답다

봄날

아름답게 꽃 피웠던 꽃은 다 떨어지고

꽃비가 내렸던 날들
이제는 소나기가 오겠죠

감기 조심하세요.

파편

그리워하는 것이 있다면
때로는 추억이 되며

그 순간을 또 그리워한다.

무채색

아무 색도 없는 곳
만남만큼 나를 변화
시키는 건 없다

그 말을 본 순간
큰마음을 알게 되었다

사람을 만나고
하루를 보내며

색이 섞이기도 하고
흐려지기도 하며

색감을 만드는 것

아마 우리가 살아가야 할
이유일지도 모른다

아픈 순간도
깜깜한 색으로 변해도

색감을 가진 사람이 되니까

달라진 점

열심히 치열하게
살아왔던 지난 날

지금과 비교하면
무엇이 달라진 것일까?

그때와 다르다는
생각을 해 본 적은 없지만

그래도 성장했다고 자신을
칭찬해 주는 건 어떨까?

슬피 울며 슬픈 장면을 바라본 체

시간이 멈춘 적도 있지만
또 힘을 내 여기까지 왔으니까

달라졌다고
나의 기억, 추억 모두

사라지는 건 아니닌까

지금과 다른 삶을
살아간다 해도

그저 순간순간 한 장면 들을
기억하며 살아가고 싶다

낡은 감정

성숙해진 내 마음이
불량해질 때가 있다

상냥하고 친절한
마음으로 대하려고

노력하지만
어려운 건 사실이다

생각이 다르다는
이유로

항상 눈에 띄는
아이였다

인사는 꼭 하며
예의 바르게 90도로

인사해야 한다는
굳센 신념이
있었다

그렇게 천천히
성숙해지며, 마음이

이곳저곳
상처가 나서

낡은 물건이 보이면
새로운 물건으로 바꾸고
싶은 것처럼

나의 마음도
낡아 버린 것 같다

조금만

누군가 그랬다 배움은
끝도 없다고

아주 어릴 때부터
필수적으로

받아야 하는 교육이 있다

학교에 다니고
공부하고
그 공부를 평가받는다

그렇기에
공부하는 것을
포기하고 말았다

그때 더 배웠더라면
지금은 어땠을까?

반드시 배운 것을
실행하는 날이 온다.

물론 어깨너머로 배운 것도
마찬가지다

배움을 포기했다고 해서
배움이 끝나는 것은 아니다.

디데이

사랑하는 사람과 사귄 날을
디데이로 해서

하루하루 더 해지는 날
소중한 나날들이 다가왔을 때

그 기분은
말로 표현할 수 없을 정도로
기쁘다

인연이 이어지기도 하지만
끊어질 때도 있다

그토록 기다려 왔던 디데이는
실망과 상처로 자리 잡게 된다

집에 있는 종이로 돼 있는
디데이 달력이 있다

그것은 숫자를 하나씩 넘겨야 하지만
바닥에 떨어지면 순간이 이어지듯

모든 것이 0인
제로로 돼버린다.

나쁜 소식

무소식이 희소식이라는 말이 있다

걱정되는 마음에 잘 지내고 있을까
연락해보려고 하지만

바쁠 텐데 잘 지낼 거라고 하며
소식이 들려오기를 빌어본다

괜히 연락해서
방해될까 봐

걱정되는 마음을 꾹꾹 눌러 담아
그 사람이 좋아했던 것을 사두기도 하며

소식이 들려오길 기다린다

마음속으로
나쁜 소식만 아니기를 빌면서

그 사람의 반가운 목소리와 안부를 묻는
따뜻한 마음

공책

감정을 써 내려가는 감정 기록지
많은 감정이 담긴 시를 써 내려가 본다

글을 쓸 때
생각보다 많은 생각과 혼잣말을 하게 된다

이렇게도 적어보고 저렇게도 고쳐보며
글을 수정해 보는 시간이

담겨서 그런 것일까?

몇 번이나 다시 보아도 다른 감정이 드는 것은

아마 지금 느끼고 있는

감정과

써 내려간 감정이

의미를 담고 있어서 그런 것이 아닐까?

언제까지

하루 종일 드는
생각 중 하나가

아무리 바쁘게
움직이고 무엇을 하듯

그 생각이 머릿속에
맴돌아서

나의 맘을
어지럽힌다

언제까지 내가
이렇게 살아야 할까?

그 의문점의
답을 알 수 없어서

겨우겨우
붙잡았던 마음이

우울한 마음으로 뒤덮인다.

달빛

우연히 창문을 보았을 때
달빛이 비치어 보였다

마음이 하루 종일
뒤섞인 하루였는데

본 순간 눈물이 쏟아질 것만 같았다

어둑해지는 밤하늘에
홀로 비추고 있어서 빛나 보여

다가갈 수 없었는데

항상 나보단
다른 사람을 생각했었다

사랑받기 위해
소중한 존재가 되고 싶어서

그렇게 나
자신은 뒷전인 채

애쓰고 있는 내 모습인 것 같아서
오늘은 달빛이 외롭고 쓸쓸해 보였다

늘

혼자 애쓰고 노력하고 실망하고
그렇게 늘 나 혼자 아무리
노력해도

나 자신을 숨긴 채 살아가도
결국에는 또

혼자 아파하는 날 늘 그렇게 말했다.
삶이란 덧없는 것이라고

인연을 억지로 붙잡고
나 혼자 놓으면 끝나는 관계도

늘 그렇게 마음에 상처를 내고
사라진다.

그럴 때마다

그저
일상을 보내고 있는데 무슨 일이

있었건 아닌데 왜
눈물이 나는 걸까?

갑작스레 쏟아진 물줄기처럼
울컥하고 올라온
내 마음들이

눈물이 되어 흘러

그럴 때마다
하루에 갑자기 다가와서

울어버려 괜찮아

펑펑 울어버린 오늘이
아프지 않기를 빌게

반짝이는

하늘을 항상 바라보는
이유가 있어

정면을 바라보면
스쳐 지나가는 사람들이

너무 반짝하고 빛나서
눈이 부시거든

행복하게
웃는 모습에

뒤를 돌아봐도

반짝반짝
빛나는데도

나는 빛나지 않아서…

바닥을 보며 조용히
스쳐 지나가는데

그럴 때 눈이 그렁그렁 맺혀
떨어질 것만 같아서

하늘을 보는데
언제 봐도 아름다운
하늘이어서

지나가는 바람에
눈물을 얹어

이 순간이 지나가기를 빌어

말

살아가면서

단 한마디로
눈물이 났을 때가 있었다

지금은 그 말이
무엇이었는지는
기억나지 않는다

무심하게
툭 건넨 말이

마음을 톡 건드려
펑펑 울어 버린 날

말이라는 것이
얼마나 중요하고

신중하게
말해야 한다는 것을

다시 깨달은 날이었다

향수

은은하게 여운이 남은
향을 좋아하고 있다

향을 맡았을 때
좋으면

그 향을 계속 구매하기도 한다

향이 좋아서
자연스럽게 맡으며

향을 느껴보는 그 순간

이 길을 걸어 올라가면
그 향이 바람을 타고 온 듯

은은하게 존재
하는

그때 그 향수 같은
추억

하루하루

하루를 살아가는

나의 모습은
어떻게 비추어질까?

웃고 있지만
상대방의 눈을 바라보지 못해서

비난의 시선으로
바라볼까 봐

눈에 힘을 주고
웃게 된다

반복되는 쳇바퀴
삶

하루하루
시작과 멀어지는 끝

무사히 하루를 넘기고

오늘도 오늘 하루도
고생 많았어요

이름 없는

알림에 눈을 뜨고
분주하게 아침 준비를 하고

나가기 전에 창문을
보며

우산을 챙길까?
하고 생각하며

맑은 하늘을 보며
우산은 우산 통에 넣어두고

아침 공기
분주한 사람들

그렇게 덧없고 작은
일상들이

이름 없는 하루

오늘도 살아간다
이름 없는 하루를

갑작스레

갑작스레 다가온 빗줄기에

비를 피해
천막이 있는 곳으로
후다닥 뛰어간다

조금씩 오는 빗물은
손을 위로 올려
톡톡 떨어지는 빗줄기

강하게 몰아치는 바람과
같이 비가 내릴 때는

포기하고 비를 맞으며
비에 흠뻑 젖은 옷을 뒤로 한 체

천천히 걸어가며
하늘을 바라본다.

소외감

배경소리는 고요했고 그 어떤 소리도
들리지 않았다

그저 창문 밖에 들려 오는 소리
밖에서 무엇을 하고 있는지

궁금하여
창문 밖 소리에 집중해 본다

목소리를 내지 않는다면

조용하고 고독한
공간이 되어 버린다

창문 밖에서 들려오는 소리

풍경이 남겨 준 소리
차가 지나가는 소리음

어떤 소음도 듣고 싶지 않아서
흥얼흥얼 노래를 불러본다

누구의 목소리도
들리지 않은 이 밤에 홀로

흘러간다

물 흘러가듯 모든 순간이
흘러가면 좋을 텐데

어디에서 나의 길을
막는 무언가가 있는 건가

왜 항상 멈춰있고 물 흐르듯
지나갈 수 없어

힘들어하고 아파하며
정지되었던 순간들이

오랜 시간을 걸쳐

천천히

흐르는 곳은

사라진다.

변하지 않는

나약하고 약하기 때문에
무너졌다고 생각했다

길을 걷고 있지만
내가 존재하지 않았던 것처럼

쓰러지고 싶다고
마음속으로 빌었다

큰 소리를 내는 건
어려워서

그렇기에 지금, 이 순간에도
변하지 않는 건

무기력하고 약한 나 자신

기억력

기억이 사라지는 순간이 있다

기억력이 오래가지
않아서이기도 하지만

오늘이 지나면 즉 어제 기억이
사라져 버린다

무언가를 해야지
하며 해야 하는데

눈앞에 있는 일로 잊어버린다

잊지 않으려 적고
사진으로 남겨 본다

이렇게 중요한 일은
지나가 버리는데

왜… 아픈 기억은
사라지지 않은 걸까…

이대로

아주 가끔 노력했던 것 아주 조금이지만
잘했다고 노력해서 다행이라고

생각이 들 때가 있다

눈부실 정도로 멋지고 완벽하게 한 것은 아니
지만

나 자신에게 칭찬해 주는 건
극히 드문 일이니까 이대로 웃으며

더 노력하자
아주 작은 일이지만

그것이 모이면
특별한 행복이 될지도 모른다.

여름 밤

우르르 내리는 비
우산을 깜빡한 나는

비를 맞으며 얼른 그치기를
바란다

비가 오기 전 습도가
곧 비가 올 거라고 알려주듯

습하고 더운 날씨에 땀이
주르륵

유일하게 좋은 건

비가 그친 후 강한 바람이
부는 날

나침반

빗줄기가 내려 흐르는
물줄기가 되었다

느릿느릿 흘러 흘러
방향을 찾아가듯 위에서부터
맨 아래까지

흐르고 넘쳐흐르고
큰 구멍에 빠진 빗물은
물줄기가 되었다.

빛

살랑살랑 부는 바람
나뭇잎이 소리를 내어

바스락바스락

소리에
집중해 보면

속닥속닥
작은 소리를 내듯

수다쟁이가 된 느낌이다

바람과 햇살이 말을 주고받으며
그늘을 향하는 우리에게

바람은 길을 알려주듯 불고
햇살은 이 길이 아니라고
알려주듯

그곳은 뜨겁다.

끝내며 짧은 글을
감상해 보는 페이지입니다

열심히 달리다 보면

내가 어디까지

왔는지

뒤돌아볼 때가 있어

그때 자책하지 않았으면 해

힘내서 걸어온 그 길을

아름다운 풍경을 보듯
틈새 속에 아름답게 피어났기를
어둠에도 활짝 피어난
꽃 한 송이이기를

목적지를 찾아 나아가는 모두에게

하늘도 바라보았으면

좋겠다고 말해주고 싶어

아름다우니까

프롤로그

1.
어쩌면 이 순간이 아픔이 될 수도
행복이 될 수도 있어

모든 것이 처음이었던 나날들이 지나

많은 것을 알게 된 나날들

그러면서도 처음이었던 날들을 기억하지 못한

다는 건

슬픈 일인 것 같아요

기억은 오래가지 않아서 그 기억이

행복이 될 수도 아픔이 될 수도 있어요

지금 살아가는 삶도 아픔이 될 수도 있지만

행복이 될 수 있다는 것을 잊지 말았으면 좋겠

습니다.

2.
마지막이라는 문 앞에
우리는 무엇을 하고 있을까?

우리는 살아가다 보면 마지막이라는 순간과
마주하게 됩니다.
만약에 마지막이라는 문 앞에 글을 적을 수 있
다면
어떤 말을 적고 싶은가요?
만약에 마지막이 온다면 슬프기도 하겠죠.
그 마지막이 또 다른 시작이 된다는 것을
잊지 않았으면 좋겠어요.
지금, 이 순간도 힘들고 아파서 울고 있을지도
몰라요.

그 순간 혼자가 아니라는 거 잊지 말아요.

같이 곁에서 울어 줄게요. 오늘 하루도 이겨내

고 버텨 내줘서 고마워요.

그대가 있기에 오늘도 살아갑니다.

이 책을 읽어 주시고
도움 주신 모든 분께 감사합니다.

시 로 가 득 찬 밤

2023년 08월 07일 발행

지은이	starlit w
디자인	포레스트 웨일
펴낸이	포레스트 웨일
펴낸곳	포레스트 웨일
출판등록	제2021-000014 호
주소	충남 아산시 아산로 103-17
전자우편	forestwhalepublish@naver.com

전자책	979-11-92473-53-6 (95810)
종이책	979-11-92473-67-3